Dirección editorial:
Departamento de Literatura GE

Dirección de arte:
Departamento de Diseño GE

Diseño de la colección:
Manuel Estrada

El 0,7% de la venta de este libro se destina al Proyecto «Mejora de la Calidad y oferta educativa del ciclo diversificado del Instituto Tecnológico Quiché de Chichicastenango (Guatemala)», que gestiona la ONG Solidaridad, Educación, Desarrollo (SED).

1ª edición, 5ª impresión: enero 2018

Impresión:
Edelvives Talleres Gráficos. Certificado ISO 9001
Impreso en Zaragoza, España

ISBN: 978-84-263-6785-3

EDELVIVES

ALA DELTA 

El monstruo y la bibliotecaria

Alfredo Gómez Cerdá

Ilustraciones
Carmen Queralt

A Maruja, Lola y Luz

1 

EL MONSTRUO

Conviene empezar nuestra historia por el monstruo.

Así pues, había una vez un monstruo no demasiado monstruoso.

Era un verdadero monstruo, de eso no cabe la menor duda, pero no era exageradamente monstruoso.

Era, por lo tanto, un monstruo monstruoso común y corriente.

Era... era... como suelen ser los monstruos monstruosos comunes y corrientes.

Tenía... tenía... lo que suelen tener los monstruos monstruosos comunes y corrientes, ni más ni menos.

Y hacía... hacía... las cosas que suelen hacer los monstruos monstruosos comunes y corrientes.

Los monstruos viven en cualquier parte.

Hay monstruos de ciudad y monstruos de campo.

Hay monstruos de mar y monstruos de montaña.

Hay monstruos sociables y monstruos solitarios...

Nuestro monstruo era un monstruo de ciudad, pero de ciudad pequeña, no de una grande, ruidosa y contaminada.

Le gustaban las comodidades y la tranquilidad que ofrecen las ciudades pequeñas. Las grandes, esas que tienen millones de habitantes, lo angustiaban y lo mareaban.

Por eso, nuestro monstruo decidió vivir en la ciudad de Albacete.

Albacete, todo el mundo lo sabe, es una ciudad pequeña y tranquila. Parece una isla en medio de una interminable llanura que cambia de color con las estaciones del año.

Hay monstruos que tienen nombre.

Pueden llamarse Alfredo o Gumersindo.

Los hay que tienen nombre y dos apellidos: esos son los más peligrosos.

Y los hay también que no tienen nombre, como el de nuestra historia.

Conviene decir cuanto antes que los monstruos que no tienen nombre son inofensivos.

El monstruo de nuestra historia, al que para distinguir de otros monstruos podríamos llamar Monstruo de Albacete, era muy caluroso.

Ni que decir tiene que existen monstruos calurosos y monstruos friolentos.

Durante el invierno estaba a sus anchas, porque en Albacete hace un frío que congela.

Paseaba desnudo por las calles, pues los monstruos no visten ropa alguna.

Miraba a la gente bien arropada con abrigos y bufandas.

En las mañanas más crudas de invierno, le gustaba sentarse en una banca del parque de Abelardo Sánchez, o de la plaza del Altozano, aunque la banca estuviera como un témpano de hielo.

—¡Esto es vida! —exclamaba nuestro caluroso monstruo—. ¡No hay nada en el mundo como las heladas de Albacete!

El monstruo de Albacete, o el Monstruo Caluroso, cuando paseaba por las calles de su ciudad, cuando se sentaba en los bancos helados, se volvía invisible.

Volverse invisible sólo lo pueden conseguir algunos monstruos tras mucho entrenamiento.

Lo hacía, claro, para no asustar a la gente.

Aunque parezca mentira, la gente sigue asustándose de los monstruos que no tienen nombre.

Además, así se sentía mucho más a gusto, sin mirones.

Lo malo para nuestro monstruo era el verano.

En Albacete, las temperaturas son extremas: en invierno hace mucho frío, pero en verano hace un calor, a veces, insoportable.

Durante los veranos el monstruo no sabía dónde meterse.

Por lo general, procuraba moverse lo menos posible, pues en cuanto hacía algún pequeño esfuerzo comenzaba a sudar a chorros por todo su cuerpo.

Buscaba la sombra de unos árboles, la humedad refrescante de una fuente, el frescor de un zaguán... Cualquier cosa que aliviara esa sensación de ahogo.

Se tumbaba y dejaba pasar las horas del día, hasta que la noche refrescaba el aire abrasador y hacía algo más soportable el ambiente.

En esos momentos, el monstruo deseaba marcharse de Albacete y no volver jamás.

—¡En esta ciudad hace un calor monstruoso! —exclamaba—. ¡No hay quien pueda soportarlo! ¡Me largaré de aquí y no volveré nunca más! ¡Me iré a la Antártida y viviré en la punta de un iceberg!

Pero se había encariñado con Albacete. ¡Se sentía tan a gusto allí....!

Se consolaba pensando en las heladas que caerían el próximo invierno, tan lejano aún.

2

El aire acondicionado

Una noche especialmente calurosa de verano, en la que no se movía ni una sola hoja de los árboles; nuestro monstruo vio algo que llamó su atención.

Era una tienda de electrodomésticos y de aparatos de aire acondicionado.

La vitrina estaba iluminada y allí, en fila, había un montón de aparatos, de distintos tamaños y colores.

El monstruo se rascó la coronilla de su monstruosa cabeza, chasqueó los dedos de su monstruosa mano derecha y tomó una monstruosa decisión.

Comenzó de pronto a cambiar de forma, aplastándose y aplastándose, hasta quedar tan delgado como un papel.

Con su nueva forma, no tuvo dificultad para entrar en la tienda por debajo de la puerta.

Una vez dentro, recobró su aspecto monstruoso común y corriente.

Se nos había olvidado decir que el monstruo de nuestra historia, o el Monstruo de Albacete, o el Monstruo Caluroso, o el Monstruo Invisible, como guste llamársele, tenía la extraña facultad de comprimirse sobre sí mismo, hasta cambiar de forma en un abrir y cerrar de ojos.

Por eso mismo, también podría llamársele el Monstruo de Forma Cambiante.

En el interior de la tienda de aparatos de aire acondicionado, el monstruo no perdió el tiempo. Comenzó a apretar todos los botones de aquellos aparatos, hasta que consiguió que enfriaran al máximo.

Después, sonriendo satisfecho, se colocó en el centro de la tienda y abrió sus monstruosos brazos en señal de satisfacción.

Al cabo de unos instantes, ya podía sentir un frescor agradable, como el que queda en un jardín recién regado.

Pocos minutos después, el frescor se convirtió en un frío intenso, como el de una mañana de crudo invierno.

Finalmente, el aire que salía a chorros de aquellos aparatos era tan helador, que parecía un verdadero torbellino polar. Nadie podría haber resistido aquella temperatura más de diez minutos. Sin embargo, el monstruo de nuestra historia se encontraba a sus anchas, feliz y contento.

—¡El aire acondicionado! —exclamaba—. ¡He aquí el mejor invento de todos los inventos!

El monstruo tomó tres sillas que encontró por la tienda y las juntó en el centro, justo en el lugar donde se encontraban todos los chorros de aire frío.

Sobre ellas se echó cuan largo era.

Habría disfrutado de lo lindo allí tirado, sin hacer nada, de no ser por unos pensamientos que comenzaban a darle vueltas en su cabeza.

Si alguien creía que los monstruos no piensan, que deseche rápidamente esa absurda idea.

Los monstruos piensan, por supuesto.

Últimamente le sucedía. De pronto, sin quererlo, empezaba a pensar y, al momento, se ponía triste.

Sus pensamientos le producían una gran tristeza.

Eran esos pensamientos que todo ser humano, o todo monstruo, se hace en algún momento de su vida.

«¿Qué pitos toco yo en este mundo? —se preguntaba—. Ya soy un monstruo adulto y todavía no he hecho nada que valga la pena. Sólo sé echarme despreocupado por ahí para tomar el fresco, para descansar...

»Pero descansar ¿de qué? No puedo estar cansado porque no he hecho nada para cansarme. ¡Ay! ¡Tengo que cambiar mi monstruosa vida!».

Angustiado por semejantes pensamientos, acabó quedándose dormido sobre las tres sillas.

Se despertó por la mañana, al sentir un ruido metálico, chirriante, como si alguien estuviera abriendo una cerradura. Saltó de las sillas y miró a un lado y a otro. De pronto, descubrió a un hombre y a una mujer que quitaban el seguro de la puerta y que se disponían a abrir.

—¡Cómo he podido dormir tanto! —exclamó el monstruo sorprendido—. Por poco me pillan como un tronco sobre esas sillas.

Aquellas personas ya entraban por la puerta.

El monstruo saltó como un gato sobre uno de los aparatos más grandes de aire acondicionado.

Comprimió su cuerpo hasta convertirlo en una delgada y larga capa no más gruesa que un papel y se introdujo por la rejilla del aparato.

El hombre y la mujer se quedaron boquiabiertos al entrar.

—¡Horror! —reaccionó el hombre—.

¡Alguien prendió todos los aparatos de aire acondicionado!

—¡Socorro! ¡Me congelo! —gritó la mujer, castañeteando los dientes.

A toda prisa desconectaron los aparatos. Luego, abrieron las puertas y ventanas de la tienda para que saliera aquel frío insoportable.

En vez de cambiar de forma y esconderse en uno de los aparatos de aire acondicionado, el monstruo podía haber hecho algo más sencillo: volverse invisible. Pero lo cierto es que no lo hizo.

Quizá no se le ocurrió porque todavía estaba medio dormido y su mente no funcionó con la rapidez necesaria.

Y mientras permaneciera con otra forma que no fuera la de monstruo monstruoso común y corriente, no podía volverse invisible.

Le quedaba imposible hacer las dos cosas a la vez. En varias ocasiones intentó salir del aparato de aire acondicionado para recobrar su forma, volverse invisible e irse de la tienda.

Asomaba su monstruosa cabeza por la ranura, pero siempre encontraba demasiado cerca al hombre o a la mujer.

—¡Qué lata! —se lamentaba entre dientes.

Al cabo de unos minutos llegaron otros dos hombres a la tienda. Vestían unos overoles azul marino idénticos. Eran repartidores.

—¿Qué encargos hay para hoy? —preguntó uno de ellos.

—Tienen que llevar ese aparato a la biblioteca —la mujer señaló precisamente el aparato en que estaba escondido el monstruo.

Los dos hombres de overol lo cargaron en una carretilla y lo sacaron de la tienda.

Luego lo introdujeron en una camioneta repartidora.

El monstruo sintió cómo cerraban la puerta con llave, cómo prendían el vehículo y cómo se alejaban del lugar.

Salió entonces del aparato y, sin perder su forma de papel, intentó encontrar una ranura para deslizarse al exterior. ¡No había forma de escapar de ahí! Aquellas puertas cerraban muy bien. Lo intentó con desesperación una y otra vez. ¡Imposible!

Sudaba a chorros por el esfuerzo y porque en aquella cabina hacía mucho calor.

De pronto, sintió que el vehículo paraba. Permaneció unos instantes inmóvil, alerta.

Enseguida notó que alguien iba a abrir la puerta.

No tenía tiempo de recuperar su forma y volverse invisible. Así que, para no ser descubierto, se introdujo de nuevo dentro de aquel aparato.

La camioneta repartidora se había detenido justo frente a la puerta de la biblioteca.

3

LA BIBLIOTECARIA

Antes de seguir adelante, llegó el momento de conocer a la bibliotecaria, no en vano ella es también protagonista de esta historia, además del monstruo.

Hay personas que ven a las bibliotecarias como seres gruñones y antipáticos.

Si a una de estas personas le preguntáramos:

—¿Cómo se imagina usted a una bibliotecaria?

Seguro que nos respondería algo así:

—Yo me la imagino vieja, huraña, fea, amargada...

Y mejor no invitar a ninguna de estas personas a que dibuje a una bibliotecaria. Si lo hacen, seguro que la sacan, sencillamente, espantosa.

¿Qué habrán hecho las bibliotecarias?

Los que ven así a las bibliotecarias, en su vida han puesto los pies en una biblioteca. Los que sí lo hemos hecho, naturalmente, las vemos de otra manera.

La bibliotecaria de nuestra historia, como la inmensa mayoría de las bibliotecarias, era joven, simpática, inteligente, bonita, amable, cariñosa...

Todos los usuarios de la biblioteca estaban encantados con ella, pero sobre todo los niños. A ellos les dedicaba atención especial con paciencia infinita.

Los niños tenían una sección para ellos solos en la biblioteca.

Allí se sentían a sus anchas. No era necesario estar tan callado como un muerto ni tan quieto como una estatua.

Podían buscar y rebuscar por los estantes hasta encontrar ese libro maravilloso. La única condición era dejarlo al final en su sitio.

Lo más divertido era cuando la bibliotecaria, olvidándose un poco de los mayores, se sentaba con ellos y les leía un libro.

Los niños hacían un círculo a su alrededor y escuchaban embelesados.

La bibliotecaria tenía una voz suave que captaba todas las atenciones.

Con esa voz les leía historias llenas de una magia y de un encanto que parecía imposible que pudiese expresarse con simples palabras.

Con esa voz los transportaba lejos, muy lejos de Albacete, por los sorprendentes caminos de la imaginación.

La bibliotecaria de nuestra historia, por supuesto, tenía nombre y apellidos.

Pero... ¡qué mala memoria!, no los recordamos. Tal vez se llamara Maruja, tal vez Lola, tal vez Luz... Tendremos que seguir llamándola bibliotecaria hasta el final.

La bibliotecaria oyó el ruido de una camioneta parqueándose y se asomó corriendo a la ventana.

—¡El aire acondicionado! —gritó—. ¡Por fin esta biblioteca dejará de parecer un sauna durante el verano!

Los repartidores de overol azul marino descargaron el pesado aparato.

—¡Cómo pesa! —exclamó uno de ellos.

—Tiene que pesar lo mismo que los demás —respondió el otro—. Aunque a

mí también me da la sensación de que pesa más.

Lo instalaron a no mucha distancia de donde la bibliotecaria tenía su mesa, toda llena de libros, de ficheros, de papeles...

Hicieron una demostración de su funcionamiento y, como hacía calor, lo dejaron conectado.

El monstruo pensaba salir del aparato cuanto antes y marcharse de aquel lugar lleno de libros, pero... ¡se estaba tan fresquito ahí dentro!

Por eso, prefirió quedarse hasta la noche. Entonces sería más fácil.

Seguro que la biblioteca se quedaba vacía. Podría salir sin problemas, sin tener que esconderse ni volverse invisible.

Por la rejilla podía ver a la bibliotecaria. Aquella muchacha le había caído simpática, no sabía el porqué, y... ¡era tan bonita!

Durante toda la mañana el monstruo espió a la bibliotecaria desde su fresco escondite.

Esa muchacha tenía algo especial, o al menos eso pensaba nuestro caluroso amigo.

Al mediodía, después de que se fueran las pocas personas que había en la biblioteca, ella recogió sus cosas y se fue también.

El monstruo tuvo entonces ocasión de escapar, pero no lo hizo. Permaneció en su escondite, impaciente e intranquilo, mirando el reloj que colgaba en una de las paredes.

Deseaba que el tiempo pasara muy rápido y que ella volviera, para continuar mirándola y mirándola.

La impaciencia del monstruo cesó cuando a primeras horas de la tarde la bibliotecaria regresó.

¡Pero esta vez no venía sola! Tras ella, en tropel, entraron un montón de niñas y niños que la estaban esperando junto a la puerta.

El monstruo acercó sus monstruosos ojos a la rejilla del aparato de aire acondicionado para no perderse detalle.

La bibliotecaria se sentó en el centro de la sala, y los niños formaron un círculo a su alrededor.

Luego, con esa voz tan cautivadora, la bibliotecaria comenzó a leer un libro.

El monstruo no pestañeaba siquiera, de tan embelesado como estaba.

Aquel libro contaba la increíble historia de un príncipe que, por un encantamiento, había sido convertido en rana y condenado a vivir en un pantano, hasta que un día una joven y bella princesa...

Al final de la historia, el monstruo tuvo que contener la emoción para no ser descubierto.

4

UNA NOCHE ENTRE LIBROS

Cuando las agujas del reloj de la pared señalaron la hora de cerrar, la bibliotecaria se paró y dio unas cuantas palmadas.

El público recogió sus cosas y poco a poco se fue.

Ella, antes de salir, se dio una vueltecita por las diversas salas, revisando las estanterías y colocando algunos libros. Luego, quitó el aire acondicionado, apagó las luces y se fue, cerrando antes la puerta con llave.

Al sentirse solo, el monstruo salió del aparato de aire acondicionado y recuperó su monstruosa forma de monstruo monstruoso común y corriente.

—¡Qué ganas tenía de estirar las piernas! —exclamó.

Y estiró al máximo sus piernas, sus brazos y todo su cuerpo.

El monstruo no salió a la calle por alguna rendija, como parecería lógico y natural.

Se dirigió a la estantería donde estaba aquel libro que había leído la bibliotecaria a los niños y lo cogió.

Encendió la luz de una lámpara de mesa, acercó una silla y comenzó a leer.

Leía sin parar, como si tuviera la necesidad de comprobar que todo lo que la bibliotecaria había leído a los niños por la tarde estaba, en efecto, escrito allí.

El monstruo de nuestra historia, por supuesto, sabía leer y escribir. También sabía sumar, restar, multiplicar y dividir.

Su madre le enseñó cuando era pequeño.

—A ningún monstruo le ha servido para nada saber estas cosas —le dijo su madre entonces—. Pero tal vez tú seas diferente.

Cuando terminó el libro, se levantó de la silla y conectó el aire acondicionado, pues empezaba a notar calor.

Luego, buscó por las estanterías y tomó otro libro, que también leyó enseguida. Y luego otro, y otro, y otro...

El monstruo leía de una manera monstruosa, tan rápido como ningún ser humano es capaz de leer.

Y leyendo pasó horas y horas. Le gustaron sobre todo esos libros con personajes encantados por algún hada, o alguna bruja, que al final, gracias a una bella y joven princesa, recobran su figura y su condición.

Los que menos le gustaron fueron los libros que trataban de monstruos. Le parecieron llenos de mentiras.

—¡Qué poca imaginación tienen algunos escritores! —comentó en voz alta—. Tratan a todos los monstruos por igual, como si sólo hubiese una clase de monstruos en el mundo. ¡Y qué manera de describirnos! ¡Todos horrorosos y asustando siempre a la gente! Tendrían que conocer a mi prima María Luisa. Su monstruosa belleza les haría cambiar de opinión inmediatamente.

Sin darse cuenta se le pasó la noche. Y amaneció.

Dio un salto al escuchar un ruido en la puerta de entrada.

Entonces, a toda velocidad, se comprimió como en otras ocasiones y se introdujo por la rejilla del aparato de aire acondicionado.

Pensó que era mejor estar apretado y fresquito, que volverse invisible y sudar a chorros.

Al entrar, la bibliotecaria se quedó boquiabierta.

¿Quién había encendido aquella lámpara?

¿Quién había revuelto los libros?

¿Quién había conectado el aire acondicionado?

Recorrió una y otra vez la biblioteca, pero no encontró nada sospechoso, nada extraño, nada anormal. Nada de nada.

Desde su escondite, el monstruo la observaba divertido.

Le hacía mucha gracia sentirse responsable de todo aquello.

Era como si hubiera conseguido atraer hacia sí un poco de la atención de la muchacha y eso le gustaba.

Mientras la bibliotecaria seguía registrando todos los rincones de la biblioteca, el monstruo vio algo sobre su mesa.

Era algo que ella misma había dejado al entrar, junto a su cartera.

Estaba envuelto con papel de aluminio, de esos que sirven para conservar mejor los alimentos, y tenía toda la pinta de un sándwich.

«¡Estoy muerto de hambre!», se dijo el monstruo, llevándose sus monstruosas manos a su monstruosa y vacía barriga.

Aprovechando una de las inspecciones de la bibliotecaria, salió sigilosamente de su escondite. Caminó de puntillas hasta la mesa. Desenvolvió muy despacio aquel paquete, para que el papel de aluminio no hiciese ruido.

Al abrirlo, se quedó entusiasmado: era un apetitoso sándwich de queso manchego. Lo levantó con sus monstruosas manos y, de un solo mordisco, se lo comió.

Dejó el papel arrugado sobre la mesa y regresó al aparato rapidísimo, antes de que ella se diera cuenta.

Cuando la bibliotecaria descubrió el envoltorio arrugado de su sándwich se detuvo en seco.

Se frotó los ojos un par de veces con el dorso de sus manos, y pensó en voz alta:

—Envuelto en este papel estaba hace un instante mi sándwich de queso.

Luego, miró debajo de la mesa, en la caneca, en los cajones...

—¿Me lo habré comido sin darme cuenta? Negó repetidas veces moviendo la cabeza y se dejó caer en su silla, sin entender nada de lo que había pasado.

5 

El encuentro

Llegados a este punto de nuestra historia es preciso decir, para que todos los lectores la entiendan bien, que pasaron varios días muy calurosos de verano en Albacete.

No uno, ni dos, ni tres...

Podemos pensar que pasaron doce días, o quince, o diecinueve... Poco más o menos.

Durante todo este tiempo, el monstruo permaneció escondido dentro del aparato de aire acondicionado, fresquito y atento a lo que sucedía alrededor.

Sólo de noche salía al exterior, hacía un poco de ejercicio para desentumir sus músculos y se daba un festín de lectura.

El monstruo se había afincado en la biblioteca. Le había tomado cariño a aquel lugar. Sentía verdadero placer trepando por las estanterías en busca de libros y más libros, que leía sin cesar.

Su comida se limitó a un sándwich al día, casi siempre de queso manchego.

Era el sándwich que la bibliotecaria llevaba para reponer fuerzas a media mañana y que él siempre le quitaba, valiéndose de su rapidez.

Como no era un monstruo tragón, tenía suficiente con eso.

Curiosamente, ni una sola vez se sintió triste, como le pasaba antes.

Seguía pensando que no había hecho nada importante en su monstruosa vida, que sólo le gustaba echarse despreocupado para tomar el fresco...

Pero algo raro le estaba pasando. Estos pensamientos se esfumaban tan rápido de su mente, que no le quedaba tiempo para ponerse triste.

La bibliotecaria cada día estaba más preocupada.

La primera vez pensó que habría entrado algún perro o algún gato. Luego, pensó que se trataría de ladrones, aunque no echó en falta nada, excepto su sándwich. Al final, llegó a pensar que estaba mal de la cabeza e imaginaba cosas que no ocurrían en realidad.

Una noche quiso aclarar, de una vez, todas sus dudas.

Así que, decidida y valiente, salió de su

casa algo después de medianoche y se dirigió a la biblioteca.

—¡Pasaré la noche en vela! —se dijo para darse ánimos—. ¡Pero averiguaré qué está sucediendo aquí!

Abrió la puerta de la biblioteca con muchísimo cuidado y entró sin hacer ruido.

Descubrió al instante el resplandor de una lámpara encendida.

Caminó de puntillas hacia el interior.

Podía escuchar perfectamente el zumbido del aparato de aire acondicionado.

Alguien había encendido esa lámpara y conectado el aparato.

¡Y ella estaba a punto de descubrirlo!

Se dirigió, también de puntillas, hacía el interruptor de la luz.

Desde allí ya podía ver parte de la sala en la que el monstruo se encontraba enfrascado en la lectura.

No cabía duda, en esa sala había alguien.

Podía adivinar un bulto junto a la lámpara de su mesa.

Contó hasta tres.

«¡Una, dos y tres!».

Apretó el interruptor de la luz y toda la biblioteca se iluminó por completo.

—¡Te pillé! —gritó.

El monstruo y la bibliotecaria se llevaron un susto de muerte.

El monstruo, porque se vio descubierto cuando menos lo esperaba. Dio un grito monstruoso y el libro que leía se le cayó de las manos. Como todo sucedió tan rápidamente no tuvo tiempo de volverse invisible.

La bibliotecaria, porque lo que descubrió no fue un perro, ni un gato, ni siquiera un ladrón, sino un verdadero monstruo monstruoso común y corriente. Sus ojos se le abrieron cómo platos y se quedó petrificada como una estatua.

Y así, mirándose fijamente, permanecieron varios minutos. Por fin; el monstruo fue capaz de reaccionar. Pensó que a la bibliotecaria le había dado un colapso, un patatús, o algo por el estilo.

Tenía que hacer algo para ayudarla, y pronto. La pobre tenía una expresión en su cara de auténtico terror.

Dio unos pasos hacia ella.

—No debes tener miedo— balbuceó.

—¡Un monstruo! —tembló la bibliotecaria de pies a cabeza.

Pasaban los minutos y la bibliotecaria no reaccionaba.

Confuso, al monstruo se le ocurrió una idea.

Se acercó un poco más a la bibliotecaria y le dijo:

—No soy un monstruo, bella joven. En realidad, soy un príncipe que he sido encantado por un hada perversa. Ella me dio este aspecto monstruoso.

—¿Quéeeee...? —la bibliotecaria no salía de su asombro.

—Tú deberías saberlo —continuó el monstruo—. Conoces todas esas historias escritas en los libros. Yo te he oído leer alguna a los niños que vienen por la tarde.

—¿Quéeeee...? —la bibliotecaria era incapaz de decir otra cosa.

—Sí, soy un príncipe, joven y apuesto, un príncipe que recobrará su aspecto si una joven... —el monstruo titubeó, pero continuó—. Si una joven... una joven... como... como tú, es capaz de ... es capaz de... de... besarme.

—¿Quéeeee...?

—Si me besas, me convertiré por arte de magia en el príncipe que fui, me casaré contigo, seremos felices y comeremos perdices.

El monstruo y la bibliotecaria estaban muy cerca, emocionados, mirándose sin pestañear.

Por eso, la bibliotecaria sólo tuvo que levantar un poco la cabeza para que sus labios alcanzasen a los del monstruo.

Y aquel beso rompió todos los hechizos. Ella se frotó los ojos, respiró profundamente un par de veces y se quedó mirándolo, ya casi sin miedo. El monstruo, que no se había convertido en príncipe ni en nada por el estilo, sonrió a la muchacha con una pizca de picardía reflejada en su monstruosa sonrisa.

—De modo que tú... —comenzó ella.

—Ya ves, sólo soy un monstruo monstruoso común y corriente. Puedo cambiar de forma y volverme invisible. Soy muy caluroso. Me gusta Albacete, aunque sueño con pasar una larga temporada en la

Antártida, echado sin preocupaciones en la punta de un iceberg. Me sentía un inútil que no servía para nada, hasta que descubrí este sitio, estos libros y… y… —el monstruo volvió a titubear y bajó la mirada algo ruborizado—. Y… y… hasta que te descubrí a ti.

6

Un trabajo monstruoso

Pasada la primera impresión, el monstruo y la bibliotecaria se sentaron en unas sillas y comenzaron a hablar. Su conversación se fue haciendo cada vez más animada y más divertida.

Se pasaron la noche entera hablando y hablando. Hablaron de sus vidas, de sus sueños, del calor que hacía en Albacete, de los sándwiches de queso manchego, de las historias sorprendentes que cuentan los libros, de los aparatos de aire acondicionado, de salir una tarde para ir a la discoteca...

¡Y de muchas más cosas!

Al amanecer, se habían hecho verdaderos amigos.

La bibliotecaria había consentido en que el monstruo se quedase a vivir en la biblioteca, dentro de aquel aparato de aire acondicionado.

Sería reconfortante saber que tendría un amigo tan cerca. Todos los días le llevaría un enorme sándwich de queso.

Eso sí, a cambio, él tendría que trabajar. Decidieron que esa misma tarde comenzaría su trabajo.

Y esa misma tarde, cuando la biblioteca solía llenarse de niños, la bibliotecaria se levantó de su asiento, se colocó

en el centro de la sala y dio unas palmadas.

—¡Atención, niños! —dijo.

Los niños pensaron que les iba a leer un libro, como en otras ocasiones, y enseguida formaron un círculo a su alrededor. La bibliotecaria se aclaró la garganta y continuó hablando:

—Alguna vez les he leído historias en las que aparecían monstruos. Estoy segura de que ustedes mismos han encontrado historias de monstruos en los muchos libros que tienen por aquí.

Los niños asentían con la cabeza.

La bibliotecaria echó una rápida ojeada al atento círculo de niños y se colocó junto al aparato de aire acondicionado.

—¿Les gustan las historias de monstruos? —preguntó.

—¡Síii! —respondieron a coro los niños.

—¡Pues mucha atención! Ahora, van a tener la oportunidad de escuchar una historia verdaderamente monstruosa. No va a ser una historia que se haya inventado un escritor con mucha imaginación. Va a ser... va a ser...

La bibliotecaria había captado todo el interés y toda la atención de aquellos niños, que la miraban sin pestañear. Pero no sabía cómo continuar con la presentación, así que se limitó a señalar el aparato de aire acondicionado y a decir:

—¡Miren todos aquí! Fíjense con atención en este aparato de aire acondicionado. ¿Lo ven bien?

—¡¡Sííí!!

—Pues aunque de su interior salga un verdadero monstruo, no se muevan del sitio. ¡Mucha atención!

La bibliotecaria no recordaba tanto silencio en aquella sala.

Podía oírse hasta el vuelo de una mosca. Muy despacio, el monstruo comenzó a salir por la rejilla, tan delgado como un papel.

Primero asomó sus monstruosas manos, luego sus monstruosos brazos, después su monstruosa cabeza, su monstruoso tronco, sus monstruosas piernas, sus monstruosos pies... Cuando estuvo fuera por completo, recobró su aspecto monstruoso común y corriente.

Los niños parecían una colección de pequeñas estatuas asombradas.

Y con una voz profunda y cálida, el monstruo comenzó a contar a aquellos niños una sorprendente historia de monstruos. No era una historia inventada.

Era una historia verdadera que él mismo había vivido.

El asombro y el poco de miedo que los niños habían sentido al ver al monstruo

por primera vez, pronto desaparecieron. Todos estaban cautivados por aquella historia, boquiabiertos, en silencio absoluto.

Cuando concluyó el relato, el monstruo hizo una pequeña reverencia, sonrió al auditorio y guiñó un ojo a la bibliotecaria.

Luego, muy despacio, comprimió su cuerpo y se introdujo de nuevo en el aparato de aire acondicionado.

Se produjo otra vez un larguísimo e impresionante silencio.

La bibliotecaria dio unos pasos y se situó en medio del círculo.

—¿Qué les pareció? —preguntó.

Entonces, todos los niños a la vez comenzaron a aplaudir.

Aplaudían tan fuerte que temblaban hasta las estanterías de la biblioteca.

Y desde entonces, la historia se repite cada tarde en una biblioteca de Albacete.

leer

Los niños no han faltado ni una sola vez a la cita. Cada día van más. Ya no caben en la sala y llenan hasta los pasillos. Se sientan en el suelo, alrededor del aparato de aire acondicionado, y esperan en silencio.

El monstruo los observa a través de la rejilla. Antes de salir, lanza un beso por el aire a la bibliotecaria. Luego, muy despacio, se desliza hacia el exterior.

No ha vuelto a pensar en irse a la Antártida para echarse despreocupado en la punta de un iceberg.

Índice

Títulos publicados

Serie Roja

Un celular en el Polo Norte. **Carl Norac**

Tomás y el borrador mágico. **Ricardo Alcántara**

El monstruo peludo. **Henriette Bichonnier**

Sola y Sincola. **Patxi Zubizarreta**

El árbol de los abuelos. **Danièle Fossette**

El cartero que se convirtió en carta. **Alfredo Gómez Cerdá**

Serie Azul

Farid y el gato negro. **Hans Hagen**

El niño que soñaba con ser héroe. **Sylvain Trudel**

Los zorros del norte. **Ricardo Gómez**

La llamada del agua. **Rocío Antón y Lola Núñez**

El monstruo y la bibliotecaria. **Alfredo Gómez Cerdá**

El Palacio de los Tres Ojos. **Joan Manuel Gisbert**

Serie Verde

Las cosas perdidas. **Lydia Carreras de Sosa**

El grito de la grulla. **Samuel Alonso Omeñaca**

El cementerio del capitán Nemo. **Miquel Rayó**

Oro de Indias. **Carlos Villanes Cairo**

Agualuna. **Joan Manuel Gisbert**

Si un león te pregunta la hora. **Hermann Schulz**

El Palacio de los Tres Ojos

Joan Manuel Gisbert

Ilustraciones
Chata Lucini

ALA DELTA, SERIE AZUL 136 págs.

Tres ojos misteriosos esperan en el valle del Silencio. Un palacio deshabitado durante mucho tiempo va abrir sus puertas de nuevo. Todo está dispuesto para una noche difícil de olvidar. Leonardo, el generoso defensor y amigo de los árboles, va por los bosques sin saber que está a punto de meterse en la mayor aventura de su vida.